DYMA'N TEULU NI

Carreg Gwalch

Yn fach neu'n fawr, yn iau neu'n hŷn,
Teuluoedd sy'n ein clymu'n un.

Maen nhw'n dod i helpu pan fyddwn ni'n galw,
Yn dal ymbarél pan fo'r tywydd yn arw.

I Rob, Lucy a Rosie – fy nheulu hapus *i*
~ PH

I fy nheulu, am eu cefnogaeth ddiderfyn
~ RW

Cyhoeddwyd yn gyntaf yn Saesneg,
We are Family, Little Tiger (rhan o Little Tiger Press Limited) ⓗ 2017

Cyhoeddwyd yn gyntaf yn y Gymraeg, 2025
gan Wasg Carreg Gwalch ac argraffwyd yng Nghymru.

Rhif Llyfr Safonol Rhyngwladol: 978-1-84524-629-7

Ariennir gan Lywodraeth Cymru
Funded by Welsh Government

CYNGOR LLYFRAU CYMRU

Cyhoeddwyd gyda chymorth Llywodraeth Cymru
a Chyngor Llyfrau Cymru.

DYMA'N TEULU NI

Patricia Hegarty

Addasiad Tegwen Bruce-Deans

Darluniau Ryan Wheatcroft

Carreg Gwalch

Ble bynnag yr awn, beth bynnag yw’r tywydd,
Mae teuluoedd wastad yn gefn i’w gilydd.

Yn drist neu yn hapus, dim ots beth a ddaw,
Byddwn yno i'n gilydd drwy'r haul a'r glaw.

Mae'n brysur yn y bore, a phawb o'n teulu ni
Yn rhuthro'n ôl a 'mlaen yn wyllt, a sŵn yn llenwi'r tŷ.

Mae pawb yn bwyta'u brecwast mewn llefydd gwahanol,
Ond braf yw cwmni teulu cyn mynd am yr ysgol.

Pan ddaw'n amser i adael y tŷ am y dydd,
Edrychwn ymlaen at grwydro yn rhydd.

Dim ots os awn mewn tacsi, nac ar fws neu drên chwaith,
Ein teulu fydd gyda ni bob eiliad o'r daith.

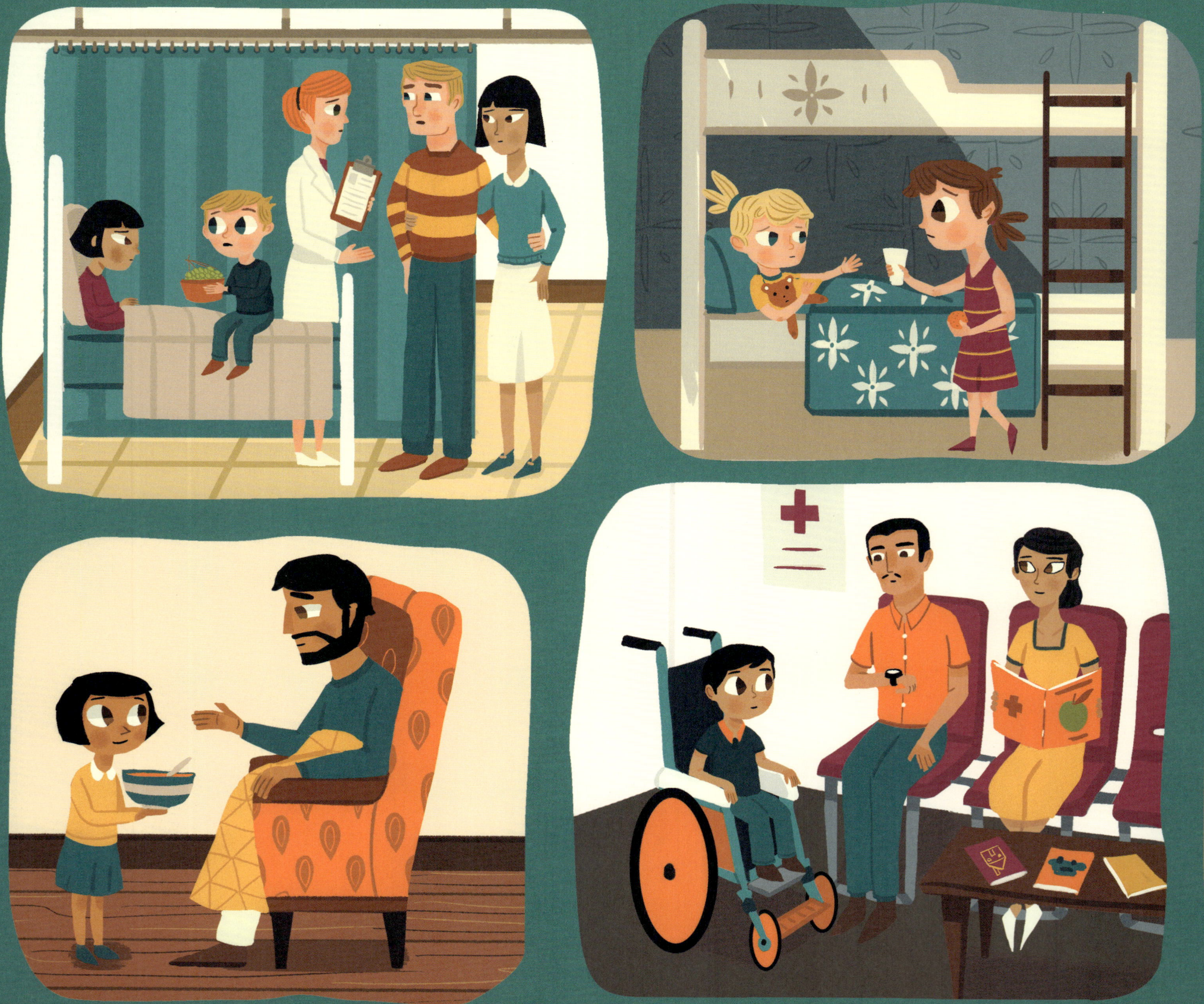

Pan fyddwn ni'n sâl ac yn swatio'n y gwely,
Mae teulu bob amser yn cadw cwmpeini.

Maen nhw'n edrych ar ein hôl ni, a byth yn mynd yn bell,
Maen nhw'n aros wrth ein hochr tan i ni deimlo'n well.

Weithiau awn ni allan er mwyn cael hwyl a sbri,
Treulio amser gyda'n gilydd yw'r moddion gorau sy'!

Yn y parc, ar lan y môr, mewn sŵ neu yn y wlad,
Wrth chwarae pêl neu fynd am dro, cawn bleser a mwynhad.

Os bydd rhywbeth ofnadwy yn digwydd i ni,
Llifogydd neu ddamwain, neu golli ein ci,

Fel teulu, fe ddaliwn ein gilydd yn dynn,
Hyd nes y daw eto haul ar fryn.

Mae teulu'n gariadus, yn gryf a charedig,
Yn rhannu pob problem, yn ofalwyr arbennig.

Cydweithio, cyd-deimlo, dim ots ble na phryd,
Ni yw'r tîm gorau yn y byd i gyd!

A phan ddaw'r sêr i oleuo'r nen,
Breuddwydion sydd yn llenwi'r pen.

Ar ôl dweud, "Nos da!", dan olau'r lleuad,
Cysgwn yn braf â chalon llawn cariad.

Mae teuluoedd mawr, a rhai bach a chanolig,
Mae rhai yn wahanol ac eraill yn debyg.

Nid yw arian yn bwysig, nac enw na lliw,
Ond bydd cariad ym mhob teulu, tra byddwn ni byw.